다. 〈회색과 검정색의 조화, 1번-화가의 어머니〉 외에 〈알렉산더 양〉 등 훌륭한 초상화를 남겼으며 1877년부터 〈야경(夜景)〉의 연작을 발표했다. 휘슬러는 그의 작품을 회색과 녹색의 해조라든가, 회색과 흑색의 배색 등 갖가지의 첨색으로 그렸으며, 색채의 충동을 피하여 작품에 조용한 친근감을 주고 있다. 1877년 〈불꽃〉 등을 선보인 개인전을 런던에서 열었을 때 J. 러스킨의 혹평에 대해 소송을 일으켜 승소하였지만, 이는 몰이해한 군중을 한층 더 적으로 만드는 결과가 되고 말았다. 휘슬러는 또한 작가이자 평론가인 오스카 와일드와도 교유하여, 그의 강연집이 프랑스어로 출간되기도 했다. 그는 에칭에도 뛰어나 판화집도 출판했으며, 동양 문화를 모티프로 한 '피콕 룸(Peacock Room, 현재 워싱턴의 프리미어 미술관으로 옮겨서 보존)'을 설계하기도 하였다. 주요작품에 〈흰색의 교향곡 1번, 흰 옷을 입은 소녀〉〈회색과 검정색의 조화, 1번-화가의 어머니〉 〈검정과 금빛 야상곡〉〈녹턴 파란색과 은색-첼시〉 등이 있다.

8월 화가 **앙리 마티스**(Henri Émile-Benoit Matisse)

1869~1954. 프랑스의 화가. 파블로 피카소와 함께 '20세기 최대의 화가'로 꼽힌다. 1900년경에 야수주의 운동의 지도자였던 마티스는 평생 동안 색채의 표현력을 탐구했다. 십대 후반에 한 변호사의 조수로 일했던 마티스는 드로잉 수업을 듣기 시작했다. 몇 년 후 맹장염 수술을 받은 그는 오랜 회복기 동안 그림에 대한 열정이 눈을 떠, 본격적으로 그림을 그리기 시작했다. 1891년 마티스는 법률 공부를 포기하고 회화를 공부하기 위해 파리로 갔다. 22세 때 파리로 나가 그림 공부를 하고, 1893년 파리 국립 미술 학교에 들어가 구스타프 모로에게서 배웠다. 1904년 무렵에 전부터 친분이 있는 피카소·드랭·블라맹크 등과 함께 20세기 최초의 혁신적 회화 운동인 야수파 운동에 참가하여, 그 중심인물로 활약했다.

많은 수의 정물화와 풍경화들을 포함한 그의 초기 작품들은 어두운 색조를 띠었다. 그러나 브르타뉴에서 여름휴가를 보낸 후, 변화가 시작되었고, 생생한 색의 천을 둘러싼 사람들의 모습, 자연광의 색조 등을 표현하며 활력 넘치는 그림을 그렸다. 인상주의에 강한 인상을 받은 마티스는 다양한 회화 양식과 빛의 기법들을 실험했다. 에두아르 마네, 폴 세잔, 조르주 피에르 쇠라, 폴 시냐크의 작품을 오랫동안 경외해왔던 그는 1905년에 앙드레 드랭을 알게 되어 친구가 되었다. 드랭과 마티스과 처음으로 공동 전시회를 열었을 때, 미술 비평가들은 이 작품들을 조롱하듯 '레 포브'(Les Fauves, 야수라는 뜻)라고 불렀다. 작품의 원시주의를 비하한 것이다. 전시관람객들은 '야만적인' 색채 사용에 놀랐고, 그림 주제도 '야만적'이라고 비난했다. 이렇게 해서 이 화가들은 '야수들'이라는 별명을 얻게 되었다. 그러나 미술가들의 명성이 높아지고, 그림도 호평을 받고 찾는 사람들도 많아짐에 따라, '야수파'가 하나의 미술 운동이 되었다. 제1차세계대전 후에는 주로 니스에 머무르면서, 모로코·타히티 섬을 여행하였다. 타히티 섬에서는 재혼을 하여 약 7년 동안 거주하였다. 만년에는 색도 형체도 단순화되었으며, 밝고 순수한 빛과 명쾌한 선에 의하여 훌륭하게 구성된 평면적인 화면은 '세기의 경이'라고까지 평가되고 있다. 제2차세계대전 후에 시작하여 1951년에 완성한 반(Vannes) 예배당의 장식은 색채 화단의 배우 유 기념물이다. 대표작으로 〈춤〉〈젊은 선원〉 등이 있다.

열두 개의 달 시화집
여름 필사노트

■일러두기

시인 고유의 필치(筆致)를 살리기 위해 표기와 맞춤법은 되도록 초판본을 따랐습니다.

열두 개의 달 시화집
여름 필사노트

윤동주 외 28명 글

에드워드 호퍼·제임스 휘슬러·앙리 마티스 그림

저녁달 ☽

차 례

1장 이파리를 흔드는 저녁바람이 with 에드워드 호퍼

2장 천둥소리가 저 멀리서 들려오고 with 제임스 휘슬러

3장 그리고 지중지중 물가를 거닐면 with 앙리 마티스

1장.
이파리를 흔드는 저녁바람이

1장에서 함께하는 화가
에드워드 호퍼Edward Hopper

1882~1967. 미국의 대표적인 사실주의 화가. 뉴욕 주 나이액에서 태어나 뉴욕 시에서 사망했다. 1889년경 파슨스디자인스쿨의 전신인 뉴욕예술학교에서 미국의 사실주의 화가 로버트 헨리에게서 그림을 배웠다. 에드워드 호퍼는 현대 미국인의 삶과 고독, 상실감을 탁월하게 표현해내 전 세계적으로 열렬하게 환호와 사랑을 받는 화가이다. 그의 여유롭고 정밀하게 계산된 표현은 근대 미국인의 삶에 대한 그의 개인적인 시각을 반영한다. 희미하게 음영이 그려진 평면적인 묘사법에 의한 정적(靜寂)이며 고독한 분위기를 담은 건물이 서 있는 모습이나 사람의 자태는 지극히 미국적인 특색을 강하게 보여주고 있다. 그는 미국 생활(주유소, 모텔, 식당, 극장, 철도, 거리 풍경)과 사람들의 일상생활이라는 두 가지를 주제로 삼았으며, 그의 작품들은 산업화와 제1차 세계대전, 경제대공황을 겪은 미국의 모습을 잘 나타냈고, 그 때문에 사실주의 화가로 불린다. 1960년대와 1970년대 팝아트, 신사실주의 미술에 큰 영향을 미쳤다. 평범한 일상을 의미심장한 진술로 표현하여 대중적인 인기를 얻었다.

1924년 호퍼는 같이 미술을 공부했던 동급생인 조세핀 버스틸 니비슨과 결혼했다. 호퍼가 조세핀이 화가로 활동하는 것에 반대했기 때문에 종종 심각할 정도로 부부싸움을 하기도 했지만, 둘의 오래고 복잡한 관계는 호퍼의 인생에 있어서 가장 중요한 부분을 차지했다. 호퍼의 대표작품은 〈밤을 지새우는 사람들〉은 조세핀과 자주 다니던 뉴욕의 24시간 식당을 배경으로 한 것이며, 조세핀은 호퍼의 그림에 등장하는 여인의 모델이 되어 호퍼가 요구하는 다양한 역할을 능숙하게 해냈다. 아내의 헌신과 조력으로, 결혼 후 호퍼는 직업적으로 성공하고 빠르게 명성을 얻었다.

주요 작품으로 〈철길 옆의 집(House by the Railroad)〉(1925), 〈자동판매기 식당(Automat)〉(1927), 〈일요일 이른 아침(Early Sunday Morning)〉(1930), 〈호텔 방(Hotel Room)〉(1931), 〈뉴욕 극장(New York Movie)〉(1939), 〈주유소(Gas)〉(1940), 〈밤을 지새우는 사람들(Nighthawks)〉(1942) 등이 있다.

그 노래

장정심

시보다 더 고운 노래
꽃보다 더 고운 노래
물결이 헤어지듯이
가만한 노래가 듣고 싶소

듣도록 더 듣고 싶은 그 노래
이제는 도무지 들을 수 없으니
어디로 가면은 들어 주려오
맑고도 곱고도 다정한 그 노래

병상에 와서도 위로해 주고
고적할 그때도 불러 주고
분주한 그날에 도와주든
고상하고 다정한 그 노래

침묵의 벗 노래의 벗
그보다 미소의 벗이여
봄에 오려오 가을에 오려오
꿈에라도 그 노래 다시 들려주시오

The Circle Theatre
1936

Cape Cod Morning
1950

나무

윤동주

나무가 춤을 추면
바람이 불고,
나무가 잠잠하면
바람도 자오.

Cobb's Barns and Distant Houses
1930-1933

First Branch of the White River Vermont
1938

첫여름

윤곤강

들에 괭잇날
비눌처럼 빛나고
풀 언덕엔
암소가 기일게 운다

냇가로 가면
어린 바람이 버들잎을
물처럼 어루만지고 있었다

Early Sunday morning
1930

Bistro
1909

반디불

윤동주

가자 가자 가자
숲으로 가자
달조각을 주으러
숲으로 가자.

──그믐밤 반디불은
──부서진 달조각,

가자 가자 가자
숲으로 가자
달조각을 주으러
숲으로 가자.

Night Shadows
1921

Rooms for Tourists
1945

여름밤의 풍경

노자영

새벽 한 시 울타리에 주렁주렁 달린 호박꽃엔
한 마리 반딧불이 날 찾는 듯 반짝거립니다
아, 멀리 계신 님의 마음 반딧불 되어 오셨습니까?
삼가 방문을 열고 맨발로 마중 나가리다.

창 아래 잎잎이 기름진 대추나무 사이로
진주같이 작은 별이 반짝거립니다
당신의 고운 마음 별이 되어 날 부르시나이까
자던 눈 고이 닦고 그 눈동자 바라보리다.

후원 담장 밑에 하얀 박꽃이 몇 송이 피어
수줍은 듯 홀로 내 침실을 바라보나이다
아, 님의 마음 저 꽃이 되어 날 지키시나이까
나도 한 줄기 미풍이 되어 당신 귀에 불어가리다.

Moonlight Interior
1923

Drug Store
1927

숲 향기 숨길

김영랑

숲 향기 숨길을 가로막았소
발 끝에 구슬이 깨이어지고
달 따라 들길을 걸어다니다
하룻밤 여름을 새워 버렸소

Cape Cod Evening
1939

House at Dusk
1935

여름밤이 길어요

당신이 계실 때에는 겨울밤이 쩌르더니 당신이
가신 뒤에는 여름밤이 길어요
책력의 내용이 그릇되었나 하였더니 개똥불이
흐르고 벌레가 웁니다
긴 밤은 어디서 오고 어디로 가는 줄을 분명히
알았습니다
긴 밤은 근심바다의 첫 물결에서 나와서 슬픈
음악이 되고 아득한 사막이 되더니 필경 절망의
성(城) 너머로 가서 악마의 웃음 속으로
들어갑니다

그러나 당신이 오시면 나는 사랑의 칼을 가지고
긴 밤을 깨어서 일천(一千) 토막을 내겠습니다
당신이 계실 때는 겨울밤이 쩌르더니 당신이 가신
뒤는 여름밤이 길어요

Chair Car
1965

Summer Evening
1947

정주성

백석

산(山)턱 원두막은 뷔였나 불빛이 외롭다
헝겊심지에 아즈까리 기름의 쪼는 소리가 들리는
듯하다

잠자리 조을든 문허진 성(城)터
반딧불이 난다 파란 혼(魂)들 같다
어데서 말 있는 듯이 크다란 산(山)새 한 마리 어두운
골짜기로 난다

헐리다 남은 성문(城門)이
한울빛같이 훤하다
날이 밝으면 또 메기수염의 늙은이가 청배를 팔러
올 것이다

40

Room in New York
1932

House by The Railroad
1925

산림(山林)

윤동주

시계(時計)가 자근자근 가슴을 때려
불안(不安)한 마음을 산림이 부른다.

천년(千年) 오래인 연륜(年輪)에 짜들은 유암(幽暗)한 산림이,
고달픈 한몸을 포옹(抱擁)할 인연(因緣)을 가졌나 보다.

산림의 검은 파동(波動) 위로부터
어둠은 어린 가슴을 짓밟고

이파리를 흔드는 저녁바람이
쏴— 공포(恐怖)에 떨게 한다.

멀리 첫여름의 개구리 재질댐에
흘러간 마을의 과거(過去)는 아질타.

나무틈으로 반짝이는 별만이
새날의 희망(希望)으로 나를 이끈다.

The Seine and the Railroad Bridge at Argenteuil
1885~1887

이름을 듣고
또 다시 보게 되네
풀에 핀 꽃들

미사부로 데이지

New York Movie
1939

Carolina Morning
1955

하몽(夏夢)

권환

넓고 망망한 이 지구 위엔
산도 바다도 소나무도 야자수도
빌딩도 전신주도 레일도 없는

오직 불그레한 복숭아꽃 노 ─ 란 개나리꽃만
빈틈없이 덮인 꽃 바다 꽃 숲이었다

노 ─ 란 바다 불그레한 숲 그 속에서
리본도 넥타이도 스타킹도 없는 발가벗은 몸뚱이로
영원한 청춘을 노래하였다

무상(無像)의 조각처럼
영원히 피곤도 싫증도 모르고

영원히 밝고 영원히 개인 날에

나는 손으로 기타를 치면서
발로는 댄서를 하였다

그것은 무거운 안개가 땅을 덮은
무덥고 별없는 어느 여름밤 꿈이었다

Blackwell's Island
1928

보기 좋아라
내 사랑하는 님의
새하얀 부채

요사 부손

Two Comedians
1966

Rooms by the Sea
1951

가슴 1

윤동주

소리 없는 북,
답답하면 주먹으로
뚜드려 보오.

그래 봐도
후—
가—는 한숨보다 못하오.

Summer Interior
1909

Hotel Room
1931

쉽게 쓰여진 시

윤동주

창 밖에 밤비가 속살거려
육첩방(六疊房)은 남의 나라,

시인이란 슬픈 천명인 줄 알면서도
한 줄 시를 적어볼까.

땀내와 사랑내 포근히 품긴
보내주신 학비봉투를 받아

대학 노트를 끼고
늙은 교수의 강의 들으러 간다.

생각해보면 어린 때 동무를
하나, 둘, 죄다 잃어버리고

나는 무얼 바라
나는 다만, 홀로 침전하는 것일까?

인생은 살기 어렵다는데
시가 이렇게 쉽게 쓰여지는 것은
부끄러운 일이다.

육첩방은 남의 나라
창 밖에 밤비가 속살거리는데

등불을 밝혀 어둠을 조금 내몰고
시대처럼 올 아침을 기다리는 최후의 나,

나는 나에게 작은 손을 내밀어
눈물과 위안으로 잡은 최초의 악수.

Room in Brooklyn
1932

Automat
1927

아침

윤동주

휙, 휙, 휙,
소꼬리가 부드러운 채찍질로
어둠을 쫓아
캄, 캄, 어둠이 깊다 깊다 밝으오.

이제 이 동리의 아침이
풀살 오는 소엉덩이처럼 푸르오.
이 동리 콩죽 먹은 사람들이
땀물을 뿌려 이 여름을 길렀소.

잎, 잎, 풀잎마다 땀방울이 맺혔소.

꾸김살 없는 이 아침을
심호흡하오 또 하오.

Blackhead Monhegan
1919

People in the Sun
1960

몽미인(夢美人)

변영로

꿈이면 가지는 그 길
꿈이면 들리는 그 집
꿈이면 만나는 그 이

어느결 가지는 그 길
언제나 낯익은 그 길
웃잖고 조용한 그 얼굴

커다란 유심한 그 눈
담은 채 말 없는 그 입
잡으랴 놓치는 그 모습

어찌다 깨이면 그 꿈
서글기 끝 없네 내 마음
다시금 잠 들랴 헛된 일

딱딱한 포도(舗道)를 걸으며
짝 잃은 나그네 홀로서
희미한 그 모습 더듬네

머잖아 깊은 잠 들 때엔
밤낮에 못 잊은 그대를
그 길가 그 집서 뫼시리.

High Noon
1949

The Bootleggers
1925

사랑

황석우

사랑은 잿갈거리기 잘하는
제비의 혼(魂)!
그들은 사람들의 입술 위의 추녀 끝에
보금자리를 치고 있다

Morning Sun
1952

New York Restaurant
1922

한 조각 하늘

박용철

무심한 눈을 들창으로 치어들다,
한 조각 푸른 하늘이 눈에 뜨이여

이 얼마 하늘을 잊고 살던 일이 생각되여
잊어버렸든 귀한 것을 새로 찾은 듯싶어라.

네 벽 좁은 방 안에 있는 마음이 뛰어
눈에 거칠 것 없는 들녘 언덕 위에

둥그런 하늘을 온통 차일 삼고
바위나 어루만지며 서 있는 듯 기뻐라.

Gas
1940

Office in a Small City
1953

그대는 호령도 하실 만하다

창랑에 잠방거리는 흰 물새러냐
그대는 탈도 없이 태연스럽다

마을 휩쓸고 목숨 앗아간
간밤 풍랑도 가소롭구나

아침 날빛에 돛 높이 달고
청산아 보아라 떠나가는 배

바람은 차고 물결은 치고
그대는 호령도 하실 만하다

The Long Leg
1930

유월

윤곤강

보리 누르게 익어
종달이 하늘로 울어 날고
멍가나무의 빨간 열매처럼
나의 시름은 익는다

Corn Hill
1930

Sun in an Empty Room
1963

병원

살구나무 그늘로 얼굴을 가리고, 병원 뒤뜰에 누워,
젊은 여자가 흰 옷 아래로 하얀 다리를 드러내 놓고
일광욕을 한다. 한나절이 기울도록 가슴을 앓는다는
이 여자를 찾아오는 이, 나비 한 마리도 없다.
슬프지도 않은 살구나무 가지에는 바람조차 없다.

나도 모를 아픔을 오래 참다 못해 처음으로 이 곳을
찾아 왔다. 그러나 나의 늙은 의사는 젊은이의 병을
모른다. 나한테는 병이 없다고 한다. 이 지나친 시련,
이 지나친 피로, 나는 성내서는 안 된다.

여자는 자리에서 일어나 옷깃을 여미고 화단에서
금잔화 한 포기를 따 가슴에 꽂고 병실 안으로
사라진다. 나는 그 여자의 건강이— 아니 나의
건강도 속히 회복되길 바라며 그가 누웠던 자리에
누워 본다.

Nighthawks
1942

밤

정지용

눈 머금은 구름 새로
흰달이 흐르고,

처마에 서린 탱자나무가 흐르고,

외로운 촉불이, 물새의 보금자리가 흐르고……

표범 껍질에 호젓하이 쌓이여
나는 이 밤,「적막한 홍수」를 누어 건늬다.

Eleven A.M.
1926

Night Windows
1928

눈 감고 간다

태양을 사모하는 아이들아
별을 사랑하는 아이들아

밤이 어두웠는데
눈 감고 가거라.

가진 바 씨앗을
뿌리면서 가거라.

발뿌리에 돌이 채이거든
감았던 눈을 왓작 떠라.

Sheridan Theatre
1937

Cottages at North Truro
1938

개

윤동주

「이 개 더럽잖니」
아——니 이웃집 덜렁 수캐가
오늘 어슬렁어슬렁 우리집으로 오더니
우리집 바둑이의 밑구멍에다 코를 대고
씩씩 내를 맡겠지 더러운 줄도 모르고,
보기 흉해서 막 차며 욕해 쫓았더니
꼬리를 휘휘 저으며
너희들보다 어떻겠냐 하는 상으로
뛰어가겠지요 나——참.

Davis House
1926

Sunlights in Cafeteria
1958

바람과 노래

김명순

떠오르는 종다리 지종지종하매
바람은 옆으로 애끓이더라
서창(西窓)에 기대 선 처녀
임에게 드리는 노래 바람결에 부치니
바람은 쏜살같이 남으로 불어가더라

Woman In the Sun
1961

Western Motel
1957

유월이 오면, 인생은 아름다워라!

로버트 브리지스

유월이 오면 날이 저물도록
향기로운 건초 속에 사랑하는 이와 앉아
잔잔함 바람 부는 하늘 높은 곳 흰 구름이 짓는,
햇살 비추는 궁궐도 바라보겠소.
나는 노래를 만들고, 그녀는 노래하고,
남들이 보지 못하는 건초더미 보금자리에,
아름다운 시를 읽어 해를 보내오.
오, 유월이 오면, 인생은 아름다워라!

Les Deux Pigeons
1920

Sunlight on Brownstones
1956

2장.
천둥소리가 저 멀리서 들려오고

2장에서 함께하는 화가
제임스 휘슬러James Abbott McNeill Whistler

1834~1903. 유럽에서 활약한 미국의 화가. '예술을 위한 예술'을 표방하고 회화의 주제 묘사로부터의 해방을 주장하여 차분한 색조와 그 해조(諧調)의 변화에 의한 개성적 양식을 확립했다.

매사추세츠주 로웰 출생. 어린 시절을 러시아에서 지내고 귀국 후 워싱턴에서 그림공부를 하다가, 1855년 파리에 유학하여 에콜 데 보자르에서 마르크 가브리엘 샤를 글레르의 문하생이 되었다. 그러나 귀스타브 쿠르베의 사실주의에 끌리고 마네, 모네 등 인상파 화가들과 교유하면서 점차 독자적인 화풍을 개척했다.

젊었을 때는 군대를 동경하여 3년간 웨스트포인트 사관학교에 다니기도 했다. 하지만 자유를 갈망하는 성격과 그림을 좋아하는 본성을 따라 미술을 시작하게 되었다. 파리에서 본격적으로 그림을 배웠고, 1863년 파리의 낙선자 전람회에 〈흰색의 교향곡 1번, 흰 옷을 입은 소녀〉를 출품하여 화제를 일으켰다. 그러나 그 작품으로 촉발된 일련의 사건들로, 파리에 대한 혐오를 느껴 본거지를 런던으로 옮겼다. 〈회색과 검정색의 조화, 1번-화가의 어머니〉 외에 〈알렉산더 양〉 등 훌륭한 초상화를 남겼으며 1877년부터 〈야경(夜景)〉의 연작을 발표했다. 휘슬러는 그의 작품을 회색과 녹색의 해조라든가, 회색과 흑색의 배색 등 갖가지의 첨색으로 그렸으며, 색채의 충동을 피하여 작품에 조용한 친근감을 주고 있다.

1877년 〈불꽃〉 등을 선보인 개인전을 런던에서 열었을 때 J.러스킨의 혹평에 대해 소송을 일으켜 승소하였지만, 이는 몰이해한 군중을 한층 더 적으로 만드는 결과가 되고 말았다. 휘슬러는 또한 작가이자 평론가인 오스카 와일드와도 교유하여, 그의 강연집이 프랑스어로 출간되기도 했다. 그는 에칭에도 뛰어나 판화집도 출판했으며, 동양 문화를 모티프로 한 피코크 룸(현재 워싱턴의 프리미어 미술관으로 옮겨서 보존)을 설계하기도 하였다. 주요작품에 〈흰색의 교향곡 1번, 흰 옷을 입은 소녀〉 〈회색과 검정색의 조화, 1번-화가의 어머니〉 〈검정과 금빛 야상곡〉 〈녹턴 파란색과 은색-첼시〉 등이 있다.

천둥소리가 저 멀리서 들려오고
구름이 끼어서 비라도 내리지 않을까
그러면 널 붙잡을 수 있을 텐데

—

천둥소리가 저 멀리서 들리며
비가 내리지 않는다 해도
당신이 붙잡아 주신다면

만엽집의 단가 中

122

Nocturne in Blue and Silver: The Lagoon, Venice
1879–1880

Grey and Silver - Chelsea Wharf
1864-1868

비 오는 밤

윤동주

쏴! 철석! 파도소리 문살에 부서져
잠 살포시 꿈이 흩어진다.

잠은 한낱 검은 고래떼처럼 설래어,
달랠 아무런 재주도 없다.

불을 밝혀 잠옷을 정성스리 여미는
삼경(三更).
염원(念願)

동경의 땅 강남에 또 홍수질 것만 싶어,
바다의 향수보다 더 호젓해진다.

Brown and Silver: Old Battersea Bridge
1859

Nocturne in Black and Gold - The Falling Rocket
1875

어느 여름날

비가 함박처럼 쏟아지는 어느 여름날 ──
어머니는 밀전병을 부치기에 골몰하고
누나는 삼을 삼으며 미나리 타령을 불러

밀짚 방석에 가로누워 코를 골든 나는
미나리 타령에 잠이 깨어 주먹으로 눈을 부비며
"선희도 시집이 가고 싶은가 보군. 노래를 부르고!"

누나는 얼굴이 붉어지고
외양간의 송아지도 엄매! 하며
그 소리 부럽던 날 ──
이 날은 벌써 스무 해 전 옛날이었다.

Nocturne: Battersea Bridge
1872-1873

청포도

이육사

내 고장 칠월(七月)은
청포도가 익어가는 시절

이 마을 전설이 주저리 주저리 열리고
먼데 하늘이 꿈꾸며 알알이 들어와 박혀

하늘밑 푸른 바다가 가슴을 열고
흰 돛단배가 곱게 밀려서 오면

내가 바라는 손님은 고달픈 몸으로
청포를 입고 찾아온다고 했으니

내 그를 맞아 이 포도를 따 먹으면
두 손은 함뿍 적셔도 좋으련

아이야 우리 식탁엔 은쟁반에
하이얀 모시 수건을 마련해 두렴

Seascape, Dieppe
1884-1886

장마

바람에 앞서며 강(江)이 흘렀다
강보다 너른 추세(趨勢)였다.

몸을 내리는 것은 어두움과
푸를적한 안개의 춤들.

더부러 오는 절류(絶流)가에
웃녘의 실지(失地)들을 바라보며
앉았고 서고 남았다.
망서리는 우리들이었다.

Nocturne: Blue and Gold--Southampton Water
1872

Note in Gold and Silver - Dordrecht
1884

손바닥 안의
반딧불이 한 마리
그 차가운 빛

마사오카 시키

Sketch for Nocturne in Blue and Gold Valparaiso Bay
1866

Nocturne: Silver and Opal
1889

빨래

윤동주

빨랫줄에 두 다리를 드리우고
흰 빨래들이 귓속 이야기하는 오후,

쨍쨍한 칠월 햇발은 고요히도
아담한 빨래에만 달린다.

Flower Market
1885

기왓장 내외

윤동주

비오는날 저녁에 기왓장내외
잃어버린 외아들 생각나선지
꼬부라진 잔등을 어루만지며
쭈룩쭈룩 구슬퍼 울음웁니다.

대궐지붕 위에서 기왓장내외
아름답든 옛날이 그리워선지
주름잡힌 얼굴을 어루만지며
물끄러미 하늘만 쳐다봅니다.

The Beach at Selsey Bill
1865

A Shop with a Balcony
1899

나의 창(窓)

등불 끄고 물소리 들으며
고이 잠들자

가까웠다 멀어지는
나그네의 지나는 발자취…

나그네 아닌 사람이 어디 있더냐
별이 지고 또 지면

달은 떠 오리라
눈도 코도 잠든 나의 창에…

Morning Glories
1869

Boutique de Boucher: The Butcher's Shop
1858

눈물이 쉬루르 흘러납니다

김소월

눈물이 수르르 흘러납니다,
당신이 하도 못 잊게 그리워서
그리 눈물이 수르르 흘러납니다.

잊히지도 않는 그 사람은
아주 나 내버린 것이 아닌데도,
눈물이 수르르 흘러납니다.

가뜩이나 설운 맘이
떠나지 못할 운(運)에 떠난 것도 같아서
생각하면 눈물이 수르르 흘러납니다.

Reading by Lamplight
1858

A White Note
1861

수풀 아래 작은 샘

김영랑

수풀 아래 작은 샘
언제나 흰구름 떠가는 높은 하늘만 내어다보는
수풀 속의 맑은 샘
넓은 하늘의 수만 별을 그대로 총총 가슴에 박은 작은 샘
두레박이 쏟아져 동이 갓을 깨지는 찬란한 떼별의 흩는 소리
얽혀져 잠긴 구슬손결이
웬 별나라 휘 흔들어버리어도 맑은 샘
해도 저물녘 그대 종종걸음 흰 듯 다녀갈 뿐 샘은 외로와도
그 밤 또 그대 날과 샘과 셋이 도른도른
무슨 그리 향그런 이야기 날을 새웠나
샘은 애끈한 젊은 꿈 이제도 그저 지녔으리
이 밤 내 혼자 내려가 볼꺼나 내려가 볼꺼나

162

Nocturne Grey and Silver
1873-1875

비 갠 아침

밤이 새도록 퍼붓던 그 비도 그치고
동편 하늘이 이제야 불그레하다
기다리는 듯 고요한 이 땅 위로
해는 점잖게 돋아 오른다.

눈부시는 이 땅
아름다운 이 땅
내야 세상이 너무도 밝고 깨끗해서
발을 내밀기에 황송만 하다.

해는 모든 것에서 젖을 주었나 보다.
동무여, 보아라,
우리의 앞뒤로 있는 모든 것이
햇살의 가닥 ― 가닥을 잡고 빨지 않느냐.

이런 기쁨이 또 있으랴.
이런 좋은 일이 또 있으랴.
이 땅은 사랑 뭉텅이 같구나.
아, 오늘의 우리 목숨은 복스러워도 보인다.

Harmony in Flesh Colour and Red
1869

Chelsea Shops
1885

할아버지

할아버지가
담배ㅅ대를 물고
들에 나가시니,
궂은 날도
곱게 개이고,

할아버지가
도롱이를 입고
들에 나가시니,
가믄 날도 .
비가 오시네.

Study for the Portrait of F. R. Leyland
1870–1873

Man Smoking a Pipe
1859

사과

윤동주

붉은 사과 한 개를
아버지, 어머니
누나, 나, 넷이서
껍질채로 송치까지
다 ─ 논아먹엇소.

Variations in Flesh Colour and Green - The Balcony
1864-1879

Note in Opal the Sands Dieppe
1885

밤에 오는 비

추억의 덩굴에 눈물의 쓰린 비
피었던 금잔화는 시들어 버린다

처마 끝 떨어지는 어둠의 여름비
소리도 애처로워 가슴은 쓰린다

옛날은 어둠인가 멀어졌건만
한 일은 빗소린가 머리에 들린다

뒤숭한 이 밤을 새우지 못하는
젊은이 가슴 깊이 옛날을 그린다

Purple and Rose: The Lange Leizen of the Six Marks
1864

Nocturne: Black and Red–Back Canal, Holland
1883

탁발 그릇에
내일 먹을 쌀 있다
저녁 바람 시원하고

다이구 료칸

The Blue Girl
1872–1874

Bathing Posts
1893

맑은 물

허민

숲 사이로 흐르는 맑은 물들은
함께 서로 손잡고 흘러나리네
서늘스런 그 자태 어디서 왔나
구름 나라 선물로 이 땅에 왔네

졸졸졸졸 흐르는 맑은 물들은
이 땅 우의 거울이 되어 있어요
구름 얼굴 하늘을 아듬어 있고
저녁 별님 반짝을 감추고 있네

숲 사이에서 흐르는 맑은 물들아
너희들의 앞길이 어드메느냐
동쪽 나라 바다로 길을 걷느냐
아침 해님 모시려 흘러가느냐

졸졸졸졸 흐르는 맑은 물에게
어린 솜씨 만들은 대배를 뛰네
어머니가 그곳서 이 배를 타고
오도록만 비옵네 풀피리 부네

Southend Pier
1883-1884

Study for Mouth of the River
1877

반달과 소녀(少女)

한용운

옛 버들의 새 가지에
흔들려 비치는 부서진 빛은
구름 사이의 반달이었다.

뜰에서 놀든 어엽분 소녀(少女)는
「저게 내 빗(梳)이여」 하고 소리쳤다.
발꿈치를 제겨드듸고
고사리 같은 손을 힘 있게 들어
반달을 따려고 강장강장 뛰었다.

따려다 따지 못하고
눈을 할낏 흘기며 손을 놀렸다.
무릇각시의 머리를 씨다듬으며
「자장자장」하더라.

Alice Butt
1895

Harmony in Yellow and Gold: The Gold Girl-Connie Gilchrist
1876-1877

하일소경(夏日小景)

이장희

운모(雲母)같이 빛나는 서늘한 테이블.

부드러운 얼음, 설탕, 우유(牛乳).

피보다 무르녹은 딸기를 담은 유리잔(琉璃盞).

얇은 옷을 입은 저윽히 고달픈 새악시는

기름한 속눈썹을 깔아메치며

가냘픈 손에 들은 은(銀)사시로

유리잔(琉璃盞)의 살찐 딸기를 부수노라면

담홍색(淡紅色)의 청량제(淸凉劑)가 꽃물같이 흔들린다.

은(銀)사시에 옮기인 꽃물은

새악시의 고요한 입술을 앵도보다 곱게도 물들인다.

새악시는 달콤한 꿈을 마시는 듯

그 얼굴은 푸른 잎사귀같이 빛나고

콧마루의 수은(水銀) 같은 땀은 벌써 사라졌다.

그것은 밝은 하늘을 비추어 작은 못 가운데서

거울같이 피어난 연(蓮)꽃의 이슬을

헤엄치는 백조(白鳥)가 삼키는 듯하다.

Pink note: The novelette
1884

The Yellow Room
1883–1884

창문

장정심

때는 여름 찌는 듯한 날인데
홀로 심심하게 누워서 책을 읽다
무엇이 푸덕푸덕 하기에 찾아보니
참새 한 마리 열린 창문으로 들어왔소

두론 문은 그대로 열려 있었소
찾지 못하고 이리저리 허덕대기에
인생도 역시 역경에 방황할 때 저렇거니
너무도 가엾어 사방문을 열어 주었소

Symphony in White, No. 1 - The White Girl
1862

Pink note: Shelling Peas
1883–1884

누군가 오려나
달빛에 이끌려서
생각하다 보니
어느 틈에 벌써
날이 새고 말았네

사이교

Study in Black and Gold
1883-1884

Valparaiso Harbor
1866

별바다의 기억(記憶)

윤곤강

마음의 광야(曠野) 위에
푸른 눈동자를 가진 밤이 찾아들면

후줄근히 지친 넋은
병든 소녀처럼 흐느껴 울고

울어도 울어도
풀어질 줄 모르는 무거운 슬픔이
안개처럼 안개처럼
내 침실의 창기슭에 어리면

마음의 허공에는
고독의 검은 구름이
만조처럼 밀려들고

— 이런 때면 언제나
별바다의 기억이
제비처럼 날아든다

내려다보면
수없는 별떼가
무논 위에 금가루를 뿌려 놓고

건너다 보면
어둠 속을 이무기처럼
불 켠 밤차가 도망질치고

쳐다보면
붉은 편주처럼 쪽달이
둥실 하늘바다에 떠 있고

우리들은
나무 그림자 길게 누운 논뚝 위에서
퇴색(退色)한 마음을 주홍빛으로 염색(染色)하고
오고야 말 그 세계의 꽃송이 같은 비밀을
비둘기처럼 이야기했더니라

Nocturne: Blue and gold – Old Battersea bridge
1875

Note in Red, the Siesta
1875

잠자리

윤곤강

능금처럼 볼이 붉은 어린애였다
울타리에서 잡은 잠자리를
잿불에 끄슬려 먹던 시절은

그때 나는 동무가 싫었다
그때 나는 혼자서만 놀았다

이웃집 순이와 짚누리에서
동생처럼 볼을 비비며 놀고 싶었다

그때부터 나는 부끄럼을 배웠다
그때부터 나는 잠자리를 먹지 않았다

Coast of Brittany(Alone with the Tide)
1861

Harmony in Grey and Green: Miss Cicely Alexander
1873

외갓집

엄마에게 손목 잡혀
꿈에 본 외갓집 가던 날
기인 기인 여름해 허둥 지둥 저물어
가도 가도 산과 길과 물뿐……

별떼 총총 못물에 잠기고
덩굴 속 반딧불 흩날려
여호 우는 숲 저 쪽에
흰 달 눈썹을 그릴 무렵

박넝쿨 덮인 초가 마당엔
집보다 더 큰 호두나무 서고
날 보고 웃는 할아버지 얼굴은
시들은 귤처럼 주름졌다

216

Green and Silver- Beaulieu, Touraine
1888

얼마나 운이 좋은가
올해에도 모기에 물리다니

고바야시 잇사

Symphony in White, No. 2 the Little White Girl
1864

Nocturne: Blue and Silver-Chelsea
1871

바다 1

정지용

오·오·오·오·오· 소리치며 달려 가니
오·오·오·오·오· 연달어서 몰아 온다.

간 밤에 잠살포시
머언 뇌성이 울더니,

오늘 아침 바다는
포도빛으로 부풀어젓다.

철석, 처얼석, 철석, 처얼석, 철석,
제비 날어들 듯 물결 새이새이로 춤을 추어.

Symphony in Grey and Green: The Ocean
1866-1872

Wapping
1860–1864

물결

노자영

물결이 바위에
부딪치면은
새하얀 구슬이
떠오릅디다.

이 맘이 고민에
부딪치면은
시커먼 눈물만
솟아납디다.

물결의 구슬은
해를 타고서
무지개 나라에
흘러가지요……

그러나 이 마음의 눈물은
해도 없어서
설거푼 가슴만
썩이는구려.

Arrangement in Grey and Black No.1, Portrait of the Artist's Mother
1871

Green and Silver: The Bright Sea, Dieppe
1883–1885

하답(夏畓)

백석

짝새가 발뿌리에서 닐은 논드렁에서 아이들은
개구리의 뒷다리를 구워먹었다

게구멍을 쑤시다 물쿤하고 배암을 잡은 늪의
피 같은 물이끼에 햇볕이 따그웠다

돌다리에 앉어 날버들치를 먹고 몸을 말리는
아이들은 물총새가 되었다

Violet and Blue: The Little Bathers
1888

선우사(膳友辭) - 함주시초(咸州詩抄) 4

낡은 나조반에 흰밥도 가재미도 나도 나와 앉어서
쓸쓸한 저녁을 맞는다

흰밥과 가재미와 나는
우리들은 그 무슨 이야기라도 다 할 것 같다
우리들은 서로 미덥고 정답고 그리고 서로 좋구나

우리들은 맑은 물밑 해정한 모래톱에서 하구 긴
날을 모래알만 혜이며 잔뼈가 굵은 탓이다
바람 좋은 한벌판에서 물닭이 소리를 들으며
단이슬 먹고 나이 들은 탓이다
외따른 산골에서 소리개 소리 배우며 다람쥐
동무하고 자라난 탓이다

우리들은 모두 욕심이 없어 희여졌다
착하디착해서 세괄은 가시 하나 손아귀 하나 없다
너무나 정갈해서 이렇게 파리했다

우리들은 가난해도 서럽지 않다
우리들은 외로워할 까닭도 없다
그리고 누구 하나 부럽지도 않다

흰밥과 가재미와 나는
우리들이 같이 있으면
세상 같은 건 밖에 나도 좋을 것 같다

Nocturne: Blue and Gold –Southampton Water
1872

Harmony in Blue and Silver: Trouville
1865

햇비

윤동주

아씨처럼 나린다
보슬보슬 해ㅅ비
맞아주자 다 같이
— 옥수숫대처럼 크게
— 닷자엿자 자라게
— 햇님이 웃는다
— 나보고 웃는다.

하늘다리 놓였다
알롱알롱 무지개
노래하자 즐겁게
— 동무들아 이리 오나
— 다 같이 춤을 추자
— 햇님이 웃는다
— 즐거워 웃는다.

Milly Finch
1884

Colour Scheme for the Dining-Room of Aubrey House
1873

3장.
그리고 지중지중 물가를 거닐면

시인　윤동주
　　　　백석
　　　　권환
　　　　김영랑
　　　　노자영
　　　　박용철
　　　　변영로
　　　　윤곤강
　　　　이장희
　　　　정지용
　　　　한용운
　　　　마쓰오 바쇼
　　　　모리카와 교리쿠
　　　　요사 부손

화가　앙리 마티스

3장에서 함께하는 화가
앙리 마티스Henri Émile-Benoit Matisse

1869~1954. 프랑스의 화가. 파블로 피카소와 함께 '20세기 최대의 화가'로 꼽힌다. 1900년경에 야수주의 운동의 지도자였던 마티스는 평생 동안 색채의 표현력을 탐구했다.

십대 후반에 한 변호사의 조수로 일했던 마티스는 드로잉 수업을 듣기 시작했다. 몇 년 후 맹장염 수술을 받은 그는 오랜 회복기 동안 그림에 대한 열정이 눈을 떠,

본격적으로 그림을 그리기 시작했다. 1891년 마티스는 법률 공부를 포기하고 회화를 공부하기 위해 파리로 갔다. 스물두 살에 파리로 나가 그림 공부를 하고, 1893년 파리 국립 미술 학교에 들어가 구스타프 모로에게서 배웠다. 1904년 무렵에 전부터 친분이 있는 피카소 · 드랭 · 블라맹크 등과 함께 20세기 최초의 혁신적 회화 운동인 야수파 운동에 참가하여, 그 중심인물로 활약했다.

많은 수의 정물화와 풍경화들을 포함한 그의 초기 작품들은 어두운 색조를 띠었다. 그러나 브르타뉴에서 여름휴가를 보낸 후, 변화가 시작되었고, 생생한 색의 천을 둘러싼 사람들의 모습, 자연광의 색조 등을 표현하며 활력 넘치는 그림을 그렸다. 인상주의에 강한 인상을 받은 마티스는 다양한 회화 양식과 빛의 기법들을 실험했다. 에두아르 마네, 폴

세잔, 조르주 피에르 쇠라, 폴 시냐크의 작품을 오랫동안 경외해왔던 그는 1905년에 앙드레 드랭을 알게 되어 친구가 되었다.

드랭과 마티스과 처음으로 공동 전시회를 열었을 때, 미술 비평가들은 이 작품들을 조롱하듯 '레 포브(Les Fauves, 야수라는 뜻)'라고 불렀다. 작품의 원시주의를 비하한 것이다. 전시관람객들은 '야만적인' 색채 사용에 놀랐고, 그림 주제도 '야만적'이라고 비난했다. 이렇게 해서 이 화가들은 '야수들'이라는 별명을 얻게 되었다. 그러나 미술가들의 명성이 높아지고, 그림도 호평을 받고 찾는 사람들도 많아짐에 따라, '야수파'가 하나의 미술 운동이 되었다.

제1차세계대전 후에는 주로 니스에 머무르면서, 모로코·타히티 섬을 여행하였다. 타히티 섬에서는 재혼을 하여 약 7년 동안 거주하였다. 만년에는 색도 형체도 단순화되었으며, 밝고 순수한 빛과 명쾌한 선에 의하여 훌륭하게 구성된 평면적인 화면은 '세기의 경이'라고까지 평가되고 있다. 제2차세계대전 후에 시작하여 1951년에 완성한 반(Vannes) 예배당의 장식은 세계 화단의 새로운 기념물이다. 대표작으로 〈춤〉〈젊은 선원〉 등이 있다.색의 조화, 1번-화가의 어머니〉〈검정과 금빛 야상곡〉〈녹턴 파란색과 은색-첼시〉 등이 있다.

바다

바닷가에 왔드니
바다와 같이 당신이 생각만 나는구려
바다와 같이 당신을 사랑하고만 싶구려

구붓하고 모래톱을 오르면
당신이 앞선 것만 같구려
당신이 뒤선 것만 같구려

그리고 지중지중 물가를 거닐면
당신이 이야기를 하는 것만 같구려
당신이 이야기를 끊는 것만 같구려

바닷가는
개지꽃에 개지 아니 나오고
고기비눌에 하이얀 햇볕만 쇠리쇠리하야
어쩐지 쓸쓸만 하구려 섧기만 하구려

Blue Nude II
1952

Women on the Beach, Etrétat
1920

바다

윤동주

실어다 뿌리는
바람조차 시원타.

솔나무 가지마다 새침히
고개를 돌리어 뻐들어지고,

밀치고
밀치운다.

이랑을 넘는 물결은
폭포처럼 피어오른다.

해변에 아이들이 모인다.
찰찰 손을 씻고 구보로.

바다는 자꾸 섧어진다,
갈매기의 노래에……

돌아다보고 돌아다보고
돌아가는 오늘의 바다여!

The Bay of Nice
1918

Aht Amont Cliffs at Etrétat
1920

여름 냇물을 건너는 기쁨이여,
손에는 짚신

요사 부손

Icarus
1944

A Glimpse of Notre Dame in the Late Afternoon
1902

창공(蒼空)

윤동주

그 여름날
열정(熱情)의 포푸라는
오려는 창공(蒼空)의 푸른 젖가슴을
어루만지려
팔을 펼쳐 흔들거렸다.
끓는 태양(太陽)그늘 좁다란 지점(地點)에서.

천막(天幕) 같은 하늘밑에서
떠들던 소나기
그리고 번개를,

춤추던 구름은 이끌고
남방(南方)으로 도망하고,
높다랗게 창공(蒼空)은 한폭으로
가지 위에 퍼지고
둥근달과 기러기를 불러왔다.

푸드른 어린 마음이 이상(理想)에 타고,
그의 동경(憧憬)의 날 가을에
조락(凋落)의 눈물을 비웃다.

Luxury, Calm and Pleasure
1904

Swiss Landscape (also known as the Road to chézières à Villars)
1901

둘 다

윤동주

바다도 푸르고
하늘도 푸르고

바다도 끝없고
하늘도 끝없고

바다에 돌던지고
하늘에 침 뱉고

바다는 벙글
하늘은 잠잠

La Mer En Corse, Le Scoud
1898

The Open Window
1918

산촌(山村)의 여름 저녁

한용운

산 그림자는 집과 집을 덮고
풀밭에는 이슬 기운이 난다
질동이를 이고 물긷는 처녀는
걸음걸음 넘치는 물에 귀밑을 적신다.

올감자를 캐여 지고 오는 사람은
서쪽 하늘을 자주 보면서 바쁜 걸음을 친다.
살진 풀에 배부른 송아지는
게을리 누워서 일어나지 않는다.

등거리만 입은 아이들은
서로 다투어 나무를 안아 들인다.

하나씩 둘씩 돌아가는 가마귀는 어데로 가는지 알 수가 없다.

Red Studio
1911

Still Life with Dance
1909

소낙비

윤동주

번개, 뇌성, 왁자지근 뚜다려
머-ㄴ 도회지에 낙뢰가 있어만 싶다.

벼루짱 엎어논 하늘로
살 같은 비가 살처럼 쏟아진다.

손바닥만한 나의 정원이
마음같이 흐린 호수되기 일쑤다.

바람이 팽이처럼 돈다.
나무가 머리를 이루 잡지 못한다.

내 경건(敬虔)한 마음을 모셔드려
노아 때 하늘을 한모금 마시다.

Crockery on a Table
1900

Trivaux Pond
1917

여름밤

울타리에 매달린 호박꽃 등롱(燈籠) 속
거기는 밤에 춤추는 반디불 향연(饗宴)!
숲속의 미풍조차 은방울 흔들 듯
숨소리 곱다.

별! 앵록초같이 파란 결이
칠흑빛 하늘 위를 호올로 거니나니
은하수 흰 물가는 별들의 밀회장이리!

Harmony in Red(The Red Room)
1908

View of Notre Dame
1902

바다 2

한 백년 진흙 속에
숨었다 나온 듯이,

게처럼 옆으로
기여가 보노니,

머언 푸른 하늘 알로
가이 없는 모래 밭.

Landscape viewed from a Window
1913

Seated Woman, Back Turned to the Open Window
1922

화경(火鏡)

별들은 푸른 눈을 번쩍 떴다
심장을 쿡쿡 찌를 듯
새까만 하늘을 이쪽저쪽 베는
흰 칼날에 깜짝 놀랜 것이다

무한한 대공(大空)에
유구한 춤을 추는
달고 단 꿈을 깬 것이다

별들은 낭만주의를 포기 안 할 수 없었다

Dance(II)
1910

어느 날

변영로

어느 찌는 듯 더웁던 날 그대와 나 함께
손목 맞잡고 책이나 한 장 읽을까
수림 속 깊이 찾아 들어갔더니

틈 잘타는 햇발 나뭇잎을 새이어
앉을 곳을 쪽발벌레 등같이
아룽아룽 흔들리는 무늬 놓아

그대의 마음 내마음 함께 아룽거려
열없어 보려던 책 보지도 못하고
뱀몸 같은 나무에 기대 있었지.

The Dream
1940

Nude in a Wood
1906

해바라기 얼굴

윤동주

누나의 얼굴은
— 해바라기 얼굴
해가 금방 뜨자
— 일터에 간다.

해바라기 얼굴은
— 누나의 얼굴
얼굴이 숙어들어
— 집으로 온다.

Algerian Woman
1909

Arcueil
1899

소나기

윤곤강

바람은 희한한 재주를 가졌다

말처럼 네 굽을 놓아
검정 구름을 몰고와서
숲과 언덕과 길과 지붕을 덮씌우면
금방 빗방울이 뚝 뚝……
소내기 댓줄기로 퍼부어

하늘 칼질한 듯 갈라지고
번개 번쩍! 천둥 우르르르……
얄푸른 번개불 속에
실개울이 뱅어처럼 빛난다

사람은 얼이 빠져 말이 없고
그림자란 그림자 죄다아 스러진다

The Green Line
1905

The Bay of Tangier
1912

바다로 가자

김영랑

바다로 가자 큰 바다로 가자
우리 인제 큰 하늘과 넓은 바다를 마음대로 가졌노라
하늘이 바다요 바다가 하늘이라
바다 하늘 모두 다 가졌노라
옳다 그리하여 가슴이 뻐근치야
우리 모두 다 가자구나 큰 바다로 가자구나

우리는 바다 없이 살았지야 숨 막히고 살았지야
그리하여 쪼여들고 울고불고 하였지야
바다 없는 항구 속에 사로잡힌 몸은
살이 터져나고 뼈 퉁겨나고 넋이 흩어지고
하마터면 아주 거꾸러져 버릴 것을
오! 바다가 터지도다 큰 바다가 터지도다

쪽배 타면 제주야 가고오고
독목선(獨木船) 왜섬이사 갔다왔지
허나 그게 바달러냐
건너 뛰는 실개천이라
우리 3년 걸려도 큰 배를 짓쟀구나
큰 바다 넓은 하늘을 우리는 가졌노라

우리 큰 배 타고 떠나가자구나
창랑을 헤치고 태풍을 걷어차고
하늘과 맞닿은 저 수평선 뚫으리라
큰 호통하고 떠나가자구나
바다 없는 항구에 사로잡힌 마음들아
툭 털고 일어서자 바다가 네 집이라

우리들 사슬 벗은 넋이로다 풀어놓인 겨레로다
가슴엔 잔뜩 별을 안으렴아
손에 잡히는 엄마별 아기별
머리 위엔 그득 보배를 이고 오렴
발 아래 쫙 깔린 산호요 진주라
바다로 가자 우리 큰 바다로 가자

The Blue Window
1913

Ropes on the Beach at Etretat
1920

조개껍질

아롱아롱 조개껍데기
울 언니 바닷가에서
주어온 조개껍데기

여긴여긴 북쪽나라요
조개는 귀여운 선물
장난감 조개껍데기

데굴데굴 굴리며 놀다
짝 잃은 조개껍데기
한짝을 그리워하네

아롱아롱 조개껍데기
나처럼 그리워하네
물소리 바닷물소리

The Lute
1943

Woman Holding Umbrella
1919

비ㅅ뒤

윤동주

「어 — 얼마나 반가운 비냐」
할아바지의 즐거움.

가믈들엇든 곡식 자라는 소리
할아바지 담바 빠는 소리와 같다.

비ㅅ뒤의 해ㅅ살은
풀닢에 아름답기도 하다.

Corner of the Artist's Studio
1912

Olive Trees
1898

아지랑이

윤곤강

머언 들에서
부르는 소리
들리는 듯

못 견디게 고운 아지랑이 속으로
달려도
달려가도
소리의 임자는 없고,

또다시
나를 부르는 소리,
머얼리서
더 머얼리서,
들릴 듯 들리는 듯…….

Open Door, Brittany
1896

The Goldfish
1912

봉선화

이장희

아무것도 없던 우리집 뜰에
언제 누가 심었는지 봉선화가 피었네.
밝은 봉선화는
이 어두컴컴한 집의 정다운 등불이다.

Woman in a Purple Coat
1937

The Little Gate of the Old Mill
1898

들에서

이장희

먼 숲 위를 밟으며
빗발은 지나갔도다

고운 햇빛은 내리부어
풀잎에 물방울 사랑스럽고
종달새 구슬을 굴리듯 노래 불러라

들과 하늘은 서로 비추어
푸른 빛이 바다를 이루었나니
이 속에 숨쉬는 모든 것의 기쁨이여

홀로 밭길을 거니매
맘은 개구리같이 젖어 버리다

Petit Paysage Corse
1898

Montalban, Landscape
1918

수박의 노래

윤곤강

나는 밭고랑에 누운 한 개 수박이라오

아이들이 차다 버린 듯 뽈처럼
멋없이 뚱그런 내 모습이기에
푸른 잎 그늘에 반듯이 누워
끓는 해와 흰 구름 우러러 산다오

이렇게 잔잔히 누워 있어도
마음은 선지피처럼 붉게 타
돌보는 이 없는 설움을 안고
아침이나 낮이나 저녁이나 슬프기만 하다오

여보! 제발 좀 나를 안아 주세요
웃는 얼굴 따스한 가슴으로
아니, 아니, 보드라운 두 손길로
이 몸을 고이고이 쓰다듬어 주세요

나는 밭고랑에 누운 한 개 수박이라오

The Romanian Blouse
1940

Woman Before a Fish Bowl
1922

빗자루

윤동주

요오리 조리 베면 저고리 되고
이이렇게 베면 큰 총 되지.
— 누나하고 나하고
— 가위로 종이 쏠았더니
— 어머니가 빗자루 들고
— 누나 하나 나 하나
— 엉덩이를 때렸소
— 방바닥이 어지럽다고
— 아아니 아니
— 고놈의 빗자루가
— 방바닥 쓸기 싫으니
— 그랬지 그랬어
괘씸하여 벽장 속에 감췄드니
이튿날 아침 빗자루가 없다고
어머니가 야단이지요.

The Pink Studio
1911

Woman with a Hat
1905

저녁노을

윤곤강

하늬바람 속에
수수잎이 서걱인다
목화밭을 지나
왕대숲을 지나
언덕 우에 서면

머언 메 위에
비눌구름 일고
새소리도 스러지고
짐승의 자취도 그친 들에
노을이 호올로 선다

Notre Dame
1904

The Music(La Musique)
1939

산들바람,
벼가 푸릇푸릇 자란 논,
그 위에 구름 그림자.

                                    모리카와 교리쿠

Moulin
1897

The Stream near Nice
1919

바다에서

윤곤강

해 서쪽으로 기울면
일곱 가지 빛깔로 비늘진 구름이
혼란한 저녁을 꾸미고
밤이 밀물처럼 몰려들면
무딘 내 가슴의 벽에
철썩! 부딪쳐 깨어지는 물결…
짙어오는 안개 바다를 덮으면
으레 붉은 혓바닥을 저어 등대는
자꾸 날 오라고 오라고 부른다
이슬 밤을 타고 내리는 바위 기슭에
시름은 갈매기처럼 우짖어도
나의 곁엔 한 송이 꽃도 없어…

Boats on the beach, Etrétat
1920

Rochers À Belle Ile
1896

나의 밤

가라앉은 밤의 숨결 그 속에서
나는 연방 수없는 밤을 끌어올린다
문을 지치면 바깥을 지나는
바람의 긴 발자취…

달이 창으로 푸르게 배어들면
대낮처럼 밝은 밤이 켜진다
달빛을 쏘이며 나는 사과를 먹는다
연한 생선의 냄새가 난다…

밤의 층층다리를 수없이 기어 올라가면
밟고 지난 층층다리는 뒤로 무너져 넘어간다
발자국을 죽이면 다시 만나는 시름의 불길
— 나의 슬픔은 박쥐마냥 검은 천정에 떠돈다

Odalisque
1920-1921

Interior with a Bowl with Red Fish
1914

파초에 태풍 불고
대야의 빗방울 소리 듣는 밤이로구나

마쓰오 바쇼

Interior with a Violin Case
1919

Woman at the Fountain
1917

물 보면 흐르고

김영랑

물 보면 흐르고
별 보면 또렷한
마음이 어이면 늙으뇨

흰날에 한숨만
끝없이 떠돌던
시절이 가엾고 멀어라

안스런 눈물에 안껴
흩은 잎 쌓인 곳에 빗방울 드듯
느낌은 후줄근히 흘러들어가건만

그 밤을 홀히 앉으면
무심코 야윈 볼도 만져 보느니
시들고 못 피인 꽃 어서 떨어지거라

Woman with Umbrella
1920

Open Window at Collioure
1910

여름밤 공원에서

풀은 자라
머리털같이 자라 향기롭고,
나뭇잎에, 나뭇잎에
등불은 기름같이 흘러 있소.

분수(噴水)는 이끼 돋은
돌 위에 빛납니다.
저기, 푸른 안개 너머로
벤취에 쓰러진 사람은 누구입니까.

Pascal's Pensees
1924

Nasturtiums with "The Dance (II)"
1912

어디로

내 마음은 어디로 가야 옳으리까
쉬임 없이 궂은비는 나려오고
지나간 날 괴로움의 쓰린 기억
내게 어둔 구름되여 덮히는데.

바라지 않으리라든 새론 희망
생각지 않으리라든 그대 생각
번개같이 어둠을 깨친다마는
그대는 닿을 길 없이 높은 데 계시오니

아— 내 마음은 어디로 가야 옳으리까.

Copse of the Banks of the Garonne
1900

Portrait of Woman
1919

The Cat with Red Fish
1914

La gerbe
1953

시인 소개

고석규

高錫珪. 1932~1958. 시인이자 문학평론가. 함경남도 함흥 출생. 의사 고원식(高元植)의 외아들이다. 함흥에서 고등학교를 마치고 월남하여 6·25전쟁 때 자진입대했다. 부산대학 교 문리과대학 국문학과를 거쳐 같은 대학원을 졸업하고, 강사로 있었다. 시뿐 아니라 참 신한 평론가로서 주목을 받았으나 문학에 대한 열망으로 지나치게 몸을 혹사하여 26세의 젊은 나이에 심장마비로 생을 달리했다. 1953년의 평론〈윤동주의 정신적 소묘(精神的素 描)〉는 윤동주 시에 대한 최초의 연구로 평가되는데, 윤동주 시의 내면의식과 심상, 그리 고 심미적 요소들을 일제 암흑기 극복을 위한 실존적 몸부림으로 파악하였다. 이는 윤동주 연구의 초석이라 평가되고 있다.

권환

權煥. 1903~1954. 경상남도 창원 출생. 1930년대 초 프로문학의 볼셰비키화를 주도한 대 표적인 사회주의적 성격의 활동을 많이 한 시인이자 비평가이다. 1925년 일본 유학생잡지 《학조》에 작품을 발표하였고, 1929년《학조》필화사건으로 또 다시 구속되었다. 이 시기 일본 유학중인 김남천·안막·임화 등과 친교를 맺으며 카프 동경지부인 무신자사에서 활약 하는 등 진보적 지식인의 면모를 보였다. 1930년 임화 등과 함께 귀국, 이른바 카프의 소장 파로서 구카프계인 박영희·김기진 등을 따돌리고 카프의 주도권을 장악하였다.

김명순

金明淳. 1896~1951. 우리나라 최초의 여성 소설가. 아버지는 명문이며 부호인 김가산이 고, 어머니는 그의 소실이었다. 그러나 어린 나이에 부모를 여의고 고아로 자랐다. 1911년 서울에 있는 진명(進明)여학교를 다녔고 동경에 유학하여 공부하기도 했다. 그녀는 봉건 적인 가부장적 제도에 환멸을 느끼게 되며 이는 그녀의 이후 삶과 작품에 지대한 영향을 미치게 된다. 전통적인 남녀간의 모순적 관계를 극복하는 새로운 연애를 갈망했으며 남과 여의 주체적인 관계만이 올바르다고 생각했다. 이 시기에《청춘(靑春)》지의 현상문예에 단편소설《의심(疑心)의 소녀》가 당선되어 문단에 데뷔하였다.《의심의 소녀》는 전통적 인 남녀관계에서 결혼으로 발생하는 비극적인 여성의 최후를 그려내는 작품이며 이 작품 을 통해 여성해방을 위한 저항정신을 표현하였다. 그후에 단편《칠면조(七面鳥)》(1921),

《돌아볼 때》(1924), 《탄실이와 주영이》(1924), 《꿈 묻는 날 밤》(1925) 등을 발표하고, 한편 시 《동경(憧憬)》《옛날의 노래여》《창궁(蒼穹)》《거룩한 노래》 등을 발표했다. 1925년에 시집 《생명의 과실(果實)》을 출간하는 등 활발한 활동을 보였으나, 그후 일본 동경에 가서 작품도 쓰지 못하고 가난에 시달리다 복잡한 연애사건으로 정신병에 걸려 사망했으며 그녀의 죽음에 관해서는 정확하게 알려진 내용이 없다. 김동인(金東仁)의 소설 《김연실전》의 실제 모델로 알려진 개화기의 신여성이다.

김소월

金素月. 1902~1934. 일제 강점기의 시인. 본명은 김정식(金廷湜)이지만, 호인 소월(素月)로 더 널리 알려져 있다. 본관은 공주(公州)이며 1934년 12월 24일 평안북도 곽산 자택에서 33세 나이에 음독자살했다. 그는 서구 문학이 범람하던 시대에 민족 고유의 정서를 노래한 시인이라고 평가받고 서정적인 시로 오늘날까지도 많은 사랑을 받고 있다. 〈진달래꽃〉〈금잔디〉〈엄마야 누나야〉〈산유화〉 외 많은 명시를 남겼다. 한 평론가는 "그 왕성한 창작적 의욕과 그 작품의 전통적 가치를 고려해볼 때, 1920년대에 있어서 천재라는 이름으로 불릴 수 있는 거의 유일한 시인이었음을 알 수 있다."고 평가했다.

김영랑

金永郞. 1903~1950. 시인. 본관은 김해(金海). 본명은 김윤식(金允植). 영랑은 아호인데 《시문학(詩文學)》에 작품을 발표하면서부터 사용하기 시작하였다. 초기 시는 1935년 박용철에 의하여 발간된 『영랑시집』 초판의 수록시편들이 해당되는데, 여기서는 자연에 대한 깊은 애정이나 인생 태도에 있어서의 역정(逆情)·회의 같은 것은 찾아볼 수 없다. '슬픔'이나 '눈물'의 용어가 수없이 반복되면서 그 비애의식은 영탄이나 감상에 기울지 않고, '마음'의 내부로 향해져 정감의 극치를 이루고 있다. 그의 초기 시는 같은 시문학동인인 정지용 시의 감각적 기교와 더불어 그 시대 한국 순수시의 극치를 보여주고 있다. 그러나 1940년을 전후하여 민족항일기 말기에 발표된 〈거문고〉〈독(毒)을 차고〉〈망각(忘却)〉〈묘비명(墓碑銘)〉 등의 후기 시에서는 그 형태적인 변모와 함께 인생에 대한 깊은 회의와 '죽음'의 의식이 나타나 있다.

노자영

盧子泳. 1898~1940. 시인·수필가. 호는 춘성(春城). 출생지는 황해도 장연(長淵) 또는 송

화군(松禾郡)으로 전해지고 있지만 정확한 것은 알 수가 없다. 평양 숭실중학교를 졸업하고 고향의 양재학교에서 교편 생활을 한 적이 있으며, 1919년 상경하여 한성도서주식회사에 입사하였다. 1935년에는 조선일보사 출판부에 입사하여 《조광(朝光)》지를 맡아 편집하였다. 1938년에는 기자 생활을 청산하고 청조사(靑鳥社)를 직접 경영한 바 있다. 그의 시는 낭만적 감상주의로 일관되고 있으나 때로는 신선한 감각을 보여주기도 한다. 산문에서도 소녀 취향의 문장으로 명성을 떨쳤다.

박용철

朴龍喆. 1904~1938. 시인. 문학평론가. 번역가. 전라남도 광산(지금의 광주광역시 광산구) 출신. 아호는 용아(龍兒). 배재고등보통학교를 거쳐 일본에서 수학하였다. 일본 유학 중 김영랑을 만나 1930년 《시문학》을 함께 창간하며 문학에 입문했다. 〈떠나가는 배〉 등 식민지의 설움을 드러낸 시로 이름을 알렸으나, 정작 그는 이데올로기나 모더니즘은 지양하고 대립하여 순수문학이라는 흐름을 이끌었다. 〈밤기차에 그대를 보내고〉 〈싸늘한 이마〉 〈비 내리는 날〉 등의 순수시를 발표하며 초기에는 시작 활동을 많이 했으나, 후에는 주로 극예술연구회의 회원으로 활동하면서 해외 시와 희곡을 번역하고 평론을 발표하는 활동을 하였다. 1938년 결핵으로 요절하여 생전에 자신의 작품집은 내지 못하였다.

백석

白石. 1912~1996. 일제 강점기와 조선민주주의인민공화국의 시인이자 소설가, 번역문학가이다. 본명은 백기행(白夔行)이며 본관은 수원(水原)이다. '白石(백석)'과 '白奭(백석)'이라는 아호(雅號)가 있었으나, 작품에서는 거의 '白石(백석)'을 쓰고 있다.

평안북도 정주(定州) 출신. 오산고등보통학교를 마친 후, 일본에서 1934년 아오야마학원 전문부 영어사범과를 졸업하였다. 부친 백용삼과 모친 이봉우 사이의 3남 1녀 중 장남으로 출생했다. 부친은 우리나라 사진계의 초기인물로 《조선일보》의 사진반장을 지냈다. 모친 이봉우는 단양군수를 역임한 이양실의 딸로 소문에 의하면 기생 내지는 무당의 딸로 알려져 백석의 혼사에 결정적인 지장을 줄 정도로 당시로서는 심한 천대를 받던 천출의 소생으로 알려져 있다. 1930년 《조선일보》 신년현상문예에 1등으로 당선된 단편소설「그 모(母)와 아들」로 등단했고, 몇 편의 산문과 번역소설을 내며 작가와 번역가로서 활동했다. 실제로는 시작(時作) 활동에 주력했으며, 1936년 1월 20일에는 그간 《조선일보》와 《조광(朝光)》에 발표한 7편의 시에, 새로 26편의 시를 더해 시집『사슴』을 자비로 100권 출간했

372

다. 이 무렵 기생 김진향을 만나 사랑에 빠졌고 이때 그녀에게 '자야(子夜)'라는 아호를 지어주었다. 이후 1948년《학풍(學風)》창간호(10월호)에 〈남신의주 유동 박시봉방(南新義州柳洞 朴時逢方)〉을 내놓기까지 60여 편의 시를 여러 잡지와 신문, 시선집 등에 발표했으나, 분단 이후 북한에서의 활동은 정확히 알려진 것이 없다. 백석은 자신이 태어난 마을과 마을 사람들 그리고 주변 자연을 대상으로 시를 썼다. 작품에는 평안도 방언을 비롯하여 여러 지방의 사투리와 고어를 사용했으며 소박한 생활 모습과 철학적 단면이 시에 잘 드러나 있다. 그의 시는 한민족의 공동체적 친근성에 기반을 두었고 작품의 도처에는 고향의 부재에 대한 상실감이 담겨 있다.

변영로

卞榮魯. 1898~1961. 시인, 영문학자, 대학 교수, 수필가, 번역문학가이다. 신문학 초창기에 등장한 신시의 선구자로서, 압축된 시구 속에 서정과 상징을 담은 기교를 보였다. 민족의식을 시로 표현하고 수필에도 재능이 있었다. 그의 시작 활동은 1918년《청춘》에 영시 〈코스모스(Cosmos)〉를 발표하면서부터 시작되었는데 당시에는 천재시인이라는 찬사를 받기도 하였다. 그의 작품들은 부드럽고 정서적이어서 한때 시단의 주목을 받았으며, 작품 기저에는 민족혼을 일깨우고자 한 의도도 깔려 있었다. 대표작 〈논개〉가 널리 알려져 있다.

윤곤강

尹崑崗, 1911~1949. 충청남도 서산 출생의 시인이다. 본명은 붕원(朋遠). 1933년 일본 센슈 대학을 졸업했으며, 1934년《시학(詩學)》동인의 한 사람으로 문단에 등장했다. 초기에는 카프(KAPF)파의 한 사람으로 시를 썼으나 곧 암흑과 불안, 절망을 노래하는 퇴폐적 시풍을 띠게 되었고 풍자적인 시를 썼다. 그의 시는 초기에 하기하라 사쿠타로와 보들레르의 영향을 받았고, 해방 후에는 전통적 정서에 대한 애착과 탐구로 기울어지기 시작하였다. 시집으로『빙하』『동물시집』『살어리』『만가』등이 있고, 시론집으로『시와 진실』이 있다.

윤동주

尹東柱. 1917~1945. 일제강점기의 저항(항일)시인이자 독립운동가. 아명은 해환(海煥). 만주 북간도의 명동촌에서 태어났으며, 기독교인인 할아버지의 영향을 받았다. 1931년(14세)에 명동소학교를 졸업하고, 한때 중국인 관립학교인 대랍자(大拉子)소학교를 다니다 가

족이 용정으로 이사하자 용정에 있는 은진중학교에 입학하였다. 1935년에 평양의 숭실중학교로 전학하였으나, 학교에 신사참배 문제가 발생하여 폐쇄당하고 말았다. 다시 용정에 있는 광명학원의 중학부로 편입하여 거기서 졸업하였다. 1941년에는 서울의 연희전문학교 문과를 졸업하고, 일본으로 건너가 도쿄에 있는 릿쿄 대학 영문과에 입학하였다가, 다시 1942년, 도시샤 대학 영문과로 옮겼다. 학업 도중 귀향하려던 시점에 항일운동을 했다는 혐의로 일본 경찰에 체포되어(1943. 7), 2년형을 선고받고 후쿠오카 형무소에서 복역하였다. 그러나 복역 중 건강이 악화되어 1945년 2월에 생을 마감하고 말았다. 유해는 그의 고향 용정에 묻혔다. 한편, 그의 죽음에 관해서는 옥중에서 정체를 알 수 없는 주사를 정기적으로 맞은 결과이며, 이는 일제의 생체실험의 일환이었다는 주장도 제기되고 있다.

15세 때부터 시를 쓰기 시작하여 첫 작품으로 〈삶과 죽음〉〈초한대〉를 썼다. 발표 작품으로는 만주의 연길에서 발간된 《가톨릭 소년》지에 실린 동시 〈병아리〉(1936. 11) 〈빗자루〉(1936. 12) 〈오줌싸개 지도〉(1937. 1) 〈무얼 먹구사나〉(1937. 3) 〈거짓부리〉(1937. 10) 등이 있다. 연희전문학교 시절 작품으로는 《조선일보》에 발표한 산문 〈달을 쏘다〉, 교지 《문우》지에 게재된 〈자화상〉〈새로운 길〉이 있다. 그리고 그의 유작인 〈쉽게 쓰여진 시〉가 사후에 《경향신문》에 게재되기도 하였다(1946). 그의 절정기에 쓰인 작품들을 1941년 연희전문학교를 졸업하던 해에 '하늘과 바람과 별과 시'라는 제목으로 발간하려 하였으나 뜻을 이루지 못하였다. 그의 자필 유작 3부와 다른 작품들을 모아 친구 정병욱과 동생 윤일주가, 사후에 그의 뜻대로 1948년, 〈하늘과 바람과 별과 시〉라는 제목으로 출간했다. 29년의 짧은 생애를 살았지만 특유의 감수성과 삶에 대한 고뇌, 독립에 대한 소망이 서려 있는 작품들로 인해 대한민국 문학사에 길이 남은 전설적인 문인이다. 2017년 12월 30일, 탄생 100주년을 맞이했다.

이상화

李相和. 1901~1943. 시인. 경상북도 대구 출신. 7세에 아버지를 잃고, 14세까지 가정 사숙에서 큰아버지 이일우의 훈도를 받으며 수학하였다. 18세에 경성중앙학교(지금의 중앙중·고등학교) 3년을 수료하고 강원도 금강산 일대를 방랑하였다. 1917년 대구에서 현진건·백기만·이상백과 《거화(炬火)》를 프린트판으로 내면서 시작 활동을 시작하였다. 21세에는 현진건의 소개로 박종화를 만나 홍사용·나도향·박영희 등과 함께 '백조(白潮)' 동인이 되어 본격적인 문단 활동을 시작하였다. 그의 후기 작품 경향은 철저한 회의와 좌절의 경향을 보여주는데 그 대표적 작품으로는 〈역천(逆天)〉(시원, 1935)·〈서러운 해조〉(문장, 1941) 등이 있다. 문학사적으로 평가하면, 어떤 외부적 금제로도 억누를 수 없는 개인의 존엄성과 자연적 충동(情)의 가치를 역설한 이광수의 논리의 연장선상에 놓여 있는 '백조파' 동인의 한 사람이다. 동시에 그 한계를 뛰어넘은 시인으로, 방자한 낭만과 미숙성과 사회개혁과 일제에 대한 저항과 우월감에 가득한 계몽주의와 로맨틱한 혁명사상을 노래하고, 쓰고, 외쳤던 문학사적 의의를 보여주고 있다.

이장희

李章熙. 1900~1929. 시인. 본명은 이양희(李樑熙), 아호는 고월(古月). 대구 출신. 1920년에 이장희(李樟熙)로 개명하였으나 필명으로 장희(章熙)를 사용한 것이 본명처럼 되었다. 문단의 교우 관계는 양주동·유엽·김영진·오상순·백기만·이상화 등 극히 제한되어 있었다. 세속적인 것을 싫어하여 고독하게 살다가 1929년 11월 대구 자택에서 음독자살하였다. 이장희의 전 시편에 나타난 시적 특색은 섬세한 감각과 시각적 이미지, 그리고 계절의 변화에 따른 시적 소재의 선택에 있다. 대표작 〈봄은 고양이로다〉는 다분히 보들레르와 같은 발상법을 바탕으로 하고 있는데 '고양이'라는 한 사물이 예리한 감각으로 조형되어 생생한 감각미를 보이고 있다. 이 시는 작자의 순수지각(純粹知覺)에서 포착된 대상인 고양이를 통해서 봄이 주는 감각을 집약적으로 표현하고 있다. 1920년대 초반의 시단은 퇴폐주의·낭만주의·자연주의·상징주의 등 서구 문예사조에 온통 휩싸여 퇴폐성이나 감상성이 지나치게 노출되어 있었음에도 불구하고, 그의 시는 섬세한 감각과 이미지의 조형성을 보여주고 있다. 바로 뒤를 이어 활동한 정지용과 함께 한국시사에서 새로운 시적 경지를 개척하였다.

이육사

李陸史. 1904~1944. 독립운동가이자 시인. 개명은 이활(李活), 자는 태경(台卿). 아호 육사(陸史)는 대구형무소 수감번호 '이육사(二六四)'에서 취음한 것이다. 작품 발표 때 '육사'와 '二六四(이육사)' 및 활(活)을 사용하였다. 일제 강점기에 시인이자 독립운동가로서 강렬한 민족의식을 갖추고 있던 이육사는 각종 독립운동단체에 가담하여 항일투쟁을 했고 생애 후반에는 총칼 대신 문학으로 일제에 저항했던 애국지사였다. 1935년 시조 〈춘추삼제(春秋三題)〉와 시 〈실제(失題)〉를 썼으며, 1937년 신석초·윤곤강·김광균 등과 《자오선》을 발간하여 〈청포도〉〈교목〉〈파초〉 등의 상징적이면서도 서정이 풍부한 목가풍의 시를 발표했다.

장정심

張貞心. 1898~1947. 시인. 개성에서 태어났다. 호수돈여자고등보통학교를 마치고 서울로 와서 이화학당유치사범과와 협성여자신학교를 졸업하고 감리교여자사업부 전도사업에 종사하였다. 1927년경부터 시작을 시작하여 많은 작품을 신문과 잡지에 발표했다. 기독교계에서 운영하는 잡지 《청년(靑年)》에 발표하면서부터 등단했다. 1933년 한성도서주식회사에서 간행한 『주(主)의 승리(勝利)』는 그의 첫 시집으로 신앙생활을 주제로 하여 쓴 단장(短章)으로 엮었다. 1934년 경천애인사(敬天愛人社)에서 출간된 제2시집 『금선(琴線)』은 서정시·시조·동시 등으로 구분하여 200수 가까운 많은 작품을 수록하고 있다. 독실한 신앙심을 바탕으로 한 맑고 고운 서정성의 종교시를 씀으로써 선구자적 소임을 다한 여류 시인으로 높이 평가되고 있다.

정지상

鄭知常, ?~1135. 고려 중기의 문인으로, 고려를 대표하는 천재시인이다. 그가 쓴 서정시는 한 시대 시의 수준을 끌어올렸고, 그는 대대로 시인의 모범이 되었다. 다른 한 편 시대의 풍운아였던 그는, 서경 천도를 주장하는 무리들과 어울려 새로운 시대를 여는 데 적극 나섰다. 그러나 정치적 포부는 좌절되었고, 우리에게 그는 다만 몇 편의 시로 기억되고 있다. 작품으로는 《동문선》에 〈신설(新雪)〉 〈향연치어(鄕宴致語)〉가, 《동경잡기(東京雜記)》에 〈백률사(栢律寺)〉 〈서루(西樓)〉 등이 전하며, 《정사간집(鄭司諫集)》 《동국여지승람》 등에도 시 몇 수가 실려 있다.

정지용

鄭芝溶. 1902~1950. 대한민국의 대표적 서정 시인이다. 충청북도 옥천군 옥천면 하계리에서 한의사인 정태국과 정미하 사이에서 맏아들로 태어났다. 연못의 용이 하늘로 올라가는 태몽을 꾸었다고 하여 아명은 지룡(池龍)이라고 하였다. 당시 풍습에 따라 열두 살에 송재숙과 결혼했으며, 1914년 아버지의 영향으로 로마 가톨릭에 입문하여 '방지거(方濟各, 프란치스코)'라는 세례명을 받았다.

정지용은 섬세하고 독특한 언어를 구사하며, 생생하고 선명한 대상 묘사에 특유의 빛을 발하는 시인이다. 한국현대시의 신경지를 열었다는 평가를 받고 있으며, 이상을 비롯하여 조지훈·박목월 등과 같은 청록파 시인들을 등장시키기도 했다. 그는 휘문고보 재학 시절 《서광》 창간호에 소설 〈삼인〉을 발표하였으며, 일본 유학시절에는 대표작이 된 〈향수〉

를 썼다. 1930년에 시문학 동인으로 본격적인 문단활동을 했고, 구인회를 결성하고, 문장지의 추천위원으로도 활동했다. 해방 이후에는《경향신문》의 주간으로 일하며 대학에도 출강했는데, 이화여대에서는 라틴어와 한국어를, 서울대에서는 시경을 강의했다. 1950년 한국전쟁이 일어난 뒤에는 김기림·박영희 등과 함께 서대문형무소에 수용되었고, 이후 납북되었다가 사망하였다. 사망 장소와 시기는 정확히 확인되지 않았는데, 1953년 평양에서 사망했다고 알려져 있다.

주요 저서로는『정지용 시집』『백록담』『지용문학독본』등이 있다. 그의 고향 충북 옥천에서는 매년 5월에 지용제를 개최하고 있으며, 1989년부터는 시와 시학사에서 정지용문학상을 제정하여 매년 시상하고 있다.

한용운

韓龍雲. 1879~1944. 일제 강점기의 시인, 승려, 독립운동가. 본관은 청주. 호는 만해(萬海)이다. 불교를 통해 혁신을 주장하며 언론 및 교육 활동을 했다. 그는 작품에서 퇴폐적인 서정성을 배격하였으며 조선의 독립 또는 자연을 부처에 빗대어 '님'으로 형상화했으며, 고도의 은유법을 구사했다. 1918년《유심》에 시를 발표하였고, 1926년〈님의 침묵〉등의 시를 발표하였다. 〈님의 침묵〉에서는 기존의 시와, 시조의 형식을 깬 산문시 형태로 시를 썼다. 소설가로도 활동하여 1930년대부터는 장편소설『흑풍(黑風)』『철혈미인(鐵血美人)』『후회』『박명(薄命)』단편소설『죽음』등을 비롯한 몇 편의 장편, 단편 소설들을 발표하였다. 1931년 김법린 등과 청년승려비밀결사체인 만당(卍黨)을 조직하고 당수로 취임했다. 한용운은 교우관계에 있어서도 좋고 싫음이 분명하여, 친일로 변절한 시인들에 대해서는 막말을 하는가 하면 차갑게 모른 체했다고 한다.

허민

許民. 1914~1943. 시인·소설가. 경남 사천 출신. 본명은 허종(許宗)이고, 민(民)은 필명이다. 허창호(許昌瑚), 일지(一枝), 곡천(谷泉) 등의 필명을 썼고, 법명으로 야천(野泉)이 있다. 허민의 시는 자유시를 중심으로 시조, 민요시, 동요, 노랫말에다 성가, 합창극에까지 이르는 다양한 갈래에 걸쳐 있다. 시의 제재는 산, 마을, 바다, 강, 호롱불, 주막, 물귀신, 산신령 등 자연과 민속에 속하며, 주제는 막연한 소년기 정서에서부터 농촌을 중심으로 민족 현실에 대한 다채로운 깨달음과 질병(폐결핵)에 맞서 싸우는 한 개인의 실존적 고독 등을 표현하고 있다. 시〈율화촌(栗花村)〉은 단순한 복고취미로서의 자연애호에서 벗어나 인정이 어우러진 안온한 농촌공동체를 형상화함으로써 시적 비전을 제시하고자 하였다.

황석우

黃錫禹, 1895~1959. 시인. 김억, 남궁벽, 오상순, 염상섭 등과 함께 1920년《폐허》의 동인이 되어 상징주의 시 운동의 선구적인 역할을 하였다. 이듬해에는 박영희, 변영로, 노자영, 박종화 등과 함께 동인지《장미촌》의 창단동인으로 활동했으며, 1929년에는 동인지《조선시단》을 창간하였다. 시 작품들 중〈벽모의 묘〉는 상징파 시의 영향을 받은 것으로 평가되고 있다. 황석우는 우리 문학사에 있어서 중요한 위치를 점하고 있으며, 한때 그의 작품에 퇴폐적인 어휘가 많이 쓰인 것으로 인하여, 그를 세기말적 분위기에 싸인《폐허》동인의 대표격으로 평가하기도 한다.

로버트 브리지스

加賀千代尼. 1703~1775. 여성 시인. 원래 이름은 '지요조(千代女)'이나 불교에 귀의했기 때문에 '지요니'라고 불린다. 나팔꽃 하이쿠로 친숙하다. 바쇼의 제자 시코가 어린 지요니의 재능을 발견하고 문단에 소개함으로써 이름이 알려졌다.

고바야시 잇사

小林一茶. 1763~1828. 고바야시 잇사는 일본 에도 시대 활약했던 하이카이시(俳諧師, 일본 고유의 시 형식인 하이카이, 즉 유머러스한 내용의 시를 짓던 사람)이다. 15세 때 고향 시나노를 떠나 에도를 향해 유랑 길에 올랐다. 그 과정에서 소바야시 지쿠아로부터 하이쿠(俳句) 등의 하이카이를 배웠다. 잇사는 39세에 아버지를 여읜 뒤, 계모와 유산을 놓고 다투는 등 어려서부터 역경을 겪은 탓에 속어와 방언을 섞어 생활감정을 표현한 구절을 많이 남겼다.

다이구 료칸

大愚良寬. 1758~1831. 에도시대의 승려이자 시인. 무욕의 화신, 거지 성자로 불리는 일본의 시승이다. 시승이란 문학에 밝아, 특히 시 창작에서 뛰어난 역량을 발휘한 불교 승려를 지칭하는 말이다. "다섯 줌의 식량만 있으면 그것으로 족하다."라는 말이 뜻하듯 인간이 보여줄 수 있는 무욕과 무소유의 최고 경지를 몸으로 실천하며 살았다. 료칸은 살아가는 방도로 탁발, 곧 걸식유행(乞食遊行)을 한 것으로 유명하다. 일본 곳곳에 세워진 그의 동상 역시 대개 탁발을 하는 형상이다. 료칸은 떠돌이 생활을 하면서도 시를 써가며 내면의 행복을 유지하며 청빈을 실천했고, 그의 철학관은 시에 그대로 담겨 있다.

마사오카 시키

正岡子規. 1867~1902. 일본의 시인이자 일본어학 연구가. 하이쿠, 단카, 신체시, 소설, 평론, 수필을 위시해 많은 저작을 남겼으며, 일본의 근대 문학에 지대한 영향을 주었다. 메이지 시대를 대표할 정도로 전형이 될 만한 특징이 있는 문학가 중 일인이다. 병상에서 마사오카는『병상육척(病牀六尺)』을 남기고, 1902년 결핵으로 34세의 젊은 나이에 사망한다. 『병상육척』은 결핵으로 투병하면서도 어떤 감상이나 어두운 그림자 없이 죽음에 임한 마사오카 시키 자신의 몸과 정신을 객관적으로 사생한 뛰어난 인생기록으로 평가받으며 현재까지 사랑받고 있으며, 같은 시기에 병상에서 쓴 일기인『앙와만록(仰臥漫録)』의 원본은 현재 효고 현 아시야 시(芦屋市)의 교시 기념 문학관(虚子記念文学館)에 수장되어 있다.

마쓰오 바쇼

松尾芭蕉. 1644~1694. 하이쿠의 완성자이며 하이쿠의 성인, 방랑미학의 창시자로 불린다. 마쓰오 바쇼는 에도 시대 전기에 해당하는 1644년 일본 남동부 교토 부근의 이가우에노에서 하급 무사 겸 농부의 아들로 태어났다. 본명은 마쓰오 무네후사이고, 어렸을 때 이름은 긴사쿠였다. 아버지가 일찍 세상을 뜨자 곤궁한 살림으로 인해 바쇼는 19세에 지역의 권세 있는 무사 집에 들어가 그 집 아들 요시타다를 시봉하며 지냈다. 두 살 연상인 요시타다는 하이쿠에 취미가 있어서 교토의 하이쿠 지도자 기타무라 기긴에게 사사하는 중이었다. 친동생처럼 요시타다의 총애를 받은 바쇼도 이것이 인연이 되어 하이쿠의 세계를 접하고 기긴의 가르침을 받게 되었다. 언어유희에 치우친 기존의 하이쿠에서 탈피해 문학적인 하이쿠를 갈망하던 이들이 바쇼에게서 진정한 하이쿠 시인의 모습을 발견했고, 산푸·기카쿠·란세쓰·보쿠세키·란란 등 수십 명의 뛰어난 젊은 시인들이 바쇼의 문하생으로 모임으로써 에도의 하이쿠 문단은 일대 전기를 맞이했다. 부유한 문하생들의 후원으로 문학적으로나 경제적으로나 안정된 생활도 보장되었다. 37세에 '옹'이라는 경칭을 들을 정도로 하이쿠 지도자로서 성공적인 삶을 누렸으나 이내 모든 지위와 명예를 내려놓고 작은 오두막에 은둔생활을 하고 방랑생활을 하다 길 위에서 생을 마감했다.

모리카와 교리쿠

森川許六. 1656~1715. 에도 시대 전기부터 중기까지의 하이쿠 시인. 마쓰오 바쇼에게 시를 배웠다. 일설에는 '許六'라는 이름은 그가 창술, 검술, 승마, 서예, 회화, 배해 등 6가지 재주를 갖고 있었기에 '6'의 글자를 준 것이라고 한다. 다재다능하고 세심했으며 독창적으로 시작을 했다. 바쇼 문학을 사랑했으며, 바쇼와는 사제지간이라기보다는 친한 예술적 동료로서 상호존중하고 있었다.

미사부로 데이지

彌三良低耳, 데이지는 바쇼의 《오쿠로 가는 작은 길(奧の細道)》에 하이쿠 1편이 실렸을 뿐, 지방 상인이라는 것 외에는 알려진 바가 없다.

사이교

西行. 1118~1190. 헤이안 시대의 승려 시인이며 와카(和歌) 작가[歌人]다. 무사의 신분을 버리고 승려가 되어 일본을 노래했다. 그의 가문은 무사 집안으로 사이교 역시 천황이 거처하는 곳(황거)의 북면을 호위하는 무사였다. 하지만 그는 1140년에 돌연 출가하여 불법 수행과 더불어 일본의 전통 시가인 와카 수련에 힘썼다. 각지를 돌아다니며 많은 와카를 남겼는데, 『신고금와카집(新古今和歌集)』에는 그의 작품 94편이 실려 있다. 와카와 고시쓰(故実)에 능통하였던 사이교는 스토쿠 천황의 와카 상대를 맡기도 했으나, 호엔 6년(1140년) 23세로 출가해 엔기(円位)라 이름하였다가 뒤에 사이교(西行)로도 칭하였다.

요사 부손

与謝蕪村. 1716~1784. 에도 시대의 하이쿠 시인. 본명 다니구치 노부아키. 요사 부손은 고바야시 잇사, 마쓰오 바쇼와 함께 하이쿠의 3대 거장으로 분류된다. 일본식 문인화를 집대성한 화가이기도 하다. 예술가가 되기 위하여 집을 떠나 여러 대가들에게 하이쿠를 배웠다. 회화에서는 하이쿠의 정취를 적용해 삶의 리얼리티를 해학적으로 표현했으며, 하이쿠에서는 화가의 시선으로 사물을 섬세하게 묘사해 아름답고 낭만적이면서도 생생하게 시작을 했다. 평소에 마쓰오 바쇼를 존경하여, 예순의 나이에 편찬한 《파초옹부합집(芭蕉翁附合集)》의 서문에 "시를 공부하려면 우선 바쇼의 시를 외우라"고 적었다. 부손에게 하이쿠와 그림은 표현 양식만이 다를 뿐 자신의 감성을 표출하는 수단이었다. 그가 남긴 그림 〈소철도(蘇鐵圖)〉는 중요지정문화재이며, 교토의 야경을 그린 〈야색루태도(夜色樓台圖)〉도 유명하다. 이케 다이가와 공동으로 작업한 〈십편십의도(十便十宜圖)〉 역시 대표작으로 꼽힌다.

에드워드 호퍼

Edward Hopper. 1882~1967. 미국의 대표적인 사실주의 화가. 뉴욕 주 나이액에서 태어나 뉴욕 시에서 사망했다. 1889년경 파슨스디자인스쿨의 전신인 뉴욕예술학교에서 미국의 사실주의 화가 로버트 헨리에게서 그림을 배웠다. 에드워드 호퍼는 현대 미국인의 삶과 고독, 상실감을 탁월하게 표현해내 전 세계적으로 열렬하게 환호와 사랑을 받는 화가이다. 그의 여유롭고 정밀하게 계산된 표현은 근대 미국인의 삶에 대한 그의 개인적인 시각을 반영한다. 희미하게 음영이 그려진 평면적인 묘사법에 의한 정적(靜寂)이며 고독한 분위기를 담은 건물이 서 있는 모습이나 사람의 자태는 지극히 미국적인 특색을 강하게 보여주고 있다. 그는 미국 생활(주유소, 모텔, 식당, 극장, 철도, 거리 풍경)과 사람들의 일상생활이라는 두 가지를 주제로 삼았으며, 그의 작품들은 산업화와 제1차 세계대전, 경제대공황을 겪은 미국의 모습을 잘 나타냈고, 그 때문에 사실주의 화가로 불린다. 1960년대와 1970년대 팝아트, 신사실주의 미술에 큰 영향을 미쳤다. 평범한 일상을 의미심장한 진술로 표현하여 대중적인 인기를 얻었다.

1924년 호퍼는 같이 미술을 공부했던 동급생인 조세핀 버스틸 니비슨과 결혼했다. 호퍼가 조세핀이 화가로 활동하는 것에 반대했기 때문에 종종 심각할 정도로 부부싸움을 하기도 했지만, 둘의 오래고 복잡한 관계는 호퍼의 인생에 있어서 가장 중요한 부분을 차지했다. 호퍼의 대표작품은 〈밤을 지새우는 사람들〉은 조세핀과 자주 다니던 뉴욕의 24시간 식당을 배경으로 한 것이며, 조세핀은 호퍼의 그림에 등장하는 여인의 모델이 되어 호퍼가 요구하는 다양한 역할을 능숙하게 해냈다. 아내의 헌신과 조력으로, 결혼 후 호퍼는 직업적으로 성공하고 빠르게 명성을 얻었다.

주요 작품으로 〈철길 옆의 집(House by the Railroad)〉(1925), 〈자동판매기 식당(Automat)〉(1927), 〈일요일 이른 아침(Early Sunday Morning)〉(1930), 〈호텔 방(Hotel Room)〉(1931), 〈뉴욕 극장(New York Movie)〉(1939), 〈주유소(Gas)〉(1940), 〈밤을 지새우는 사람들(Nighthawks)〉(1942) 등이 있다.

제임스 휘슬러

James Abbott McNeill Whistler. 1834~1903. 유럽에서 활약한 미국의 화가. '예술을 위한 예술'을 표방하고 회화의 주제 묘사로부터의 해방을 주장하여 차분한 색조와 그 해조(諧調)의 변화에 의한 개성적 양식을 확립했다.

매사추세츠주 로웰 출생. 어린 시절을 러시아에서 지내고 귀국 후 워싱턴에서 그림공부를 하다가, 1855년 파리에 유학하여 에콜 데 보자르에서 마르크 가브리엘 샤를 글레르의 문하생이 되었다. 그러나 귀스타브 쿠르베의 사실주의에 끌리고 마네, 모네 등 인상파 화가들과 교유하면서 점차 독자적인 화풍을 개척했다.

젊었을 때는 군대를 동경하여 3년간 웨스트포인트 사관학교에 다니기도 했다. 하지만 자유를 갈망하는 성격과 그림을 좋아하는 본성을 따라 미술을 시작하게 되었다. 파리에서 본격적으로 그림을 배웠고, 1863년 파리의 낙선자 전람회에 〈흰색의 교향곡 1번, 흰 옷을 입은 소녀〉를 출품하여 화제를 일으켰다. 그러나 그 작품으로 촉발된 일련의 사건들로, 파리에 대한 혐오를 느껴 본거지를 런던으로 옮겼다. 〈회색과 검정색의 조화, 1번-화가의 어머니〉 외에 〈알렉산더 양〉 등 훌륭한 초상화를 남겼으며 1877년부터 〈야경(夜景)〉의 연작을 발표했다. 휘슬러는 그의 작품을 회색과 녹색의 해조라든가, 회색과 흑색의 배색 등 갖가지의 첨색으로 그렸으며, 색채의 충동을 피하여 작품에 조용한 친근감을 주고 있다.

1877년 〈불꽃〉 등을 선보인 개인전을 런던에서 열었을 때 J. 러스킨의 혹평에 대해 소송을 일으켜 승소하였지만, 이는 몰이해한 군중을 한층 더 적으로 만드는 결과가 되고 말았다. 휘슬러는 또한 작가이자 평론가인 오스카 와일드와도 교유하여, 그의 강연집이 프랑스어로 출간되기도 했다. 그는 에칭에도 뛰어나 판화집도 출판했으며, 동양 문화를 모티프로 한 피코크 룸(현재 워싱턴의 프리미어 미술관으로 옮겨서 보존)을 설계하기도 하였다. 주요작품에 〈흰색의 교향곡 1번, 흰 옷을 입은 소녀〉〈회색과 검정색의 조화, 1번-화가의 어머니〉〈검정과 금빛 야상곡〉〈녹턴 파란색과 은색-첼시〉 등이 있다.

앙리 마티스

Henri Émile-Benoit Matisse. 1869~1954. 프랑스의 화가. 파블로 피카소와 함께 '20세기 최대의 화가'로 꼽힌다. 1900년경에 야수주의 운동의 지도자였던 마티스는 평생 동안 색채의 표현력을 탐구했다.

십대 후반에 한 변호사의 조수로 일했던 마티스는 드로잉 수업을 듣기 시작했다. 몇 년 후 맹장염 수술을 받은 그는 오랜 회복기 동안 그림에 대한 열정이 눈을 떠, 본격적으로 그림을 그리기 시작했다. 1891년 마티스는 법률 공부를 포기하고 회화를 공부하기 위해 파리로 갔다. 스물두 살에 파리로 나가 그림 공부를 하고, 1893년 파리 국립 미술 학교에 들어가 구스타프 모로에게서 배웠다. 1904년 무렵에 전부터 친분이 있는 피카소·드랭·블라맹크 등과 함께 20세기 최초의 혁신적 회화 운동인 야수파 운동에 참가하여, 그 중심인물로 활약했다.

많은 수의 정물화와 풍경화들을 포함한 그의 초기 작품들은 어두운 색조를 띠었다. 그러나 브르타뉴에서 여름휴가를 보낸 후, 변화가 시작되었고, 생생한 색의 천을 둘러싼 사람들의 모습, 자연광의 색조 등을 표현하며 활력 넘치는 그림을 그렸다. 인상주의에 강한 인상을 받은 마티스는 다양한 회화 양식과 빛의 기법들을 실험했다. 에두아르 마네, 폴 세잔, 조르주 피에르 쇠라, 폴 시냐크의 작품을 오랫동안 경외해왔던 그는 1905년에 앙드레 드랭을 알게 되어 친구가 되었다.

드랭과 마티스과 처음으로 공동 전시회를 열었을 때, 미술 비평가들은 이 작품들을 조롱하듯 '레 포브(Les Fauves, 야수라는 뜻)'라고 불렀다. 작품의 원시주의를 비하한 것이다. 전시 관람객들은 '야만적인' 색채 사용에 놀랐고, 그림 주제도 '야만적'이라고 비난했다. 이렇게 해서 이 화가들은 '야수들'이라는 별명을 얻게 되었다. 그러나 미술가들의 명성이 높아지고, 그림도 호평을 받고 찾는 사람들도 많아짐에 따라, '야수파'가 하나의 미술 운동이 되었다.

제1차세계대전 후에는 주로 니스에 머무르면서, 모로코·타히티 섬을 여행하였다. 타히티 섬에서는 재혼을 하여 약 7년 동안 거주하였다. 만년에는 색도 형체도 단순화되었으며, 밝고 순수한 빛과 명쾌한 선에 의하여 훌륭하게 구성된 평면적인 화면은 '세기의 경이'라고까지 평가되고 있다. 제2차세계대전 후에 시작하여 1951년에 완성한 반(Vannes) 예배당의 장식은 세계 화단의 새로운 기념물이다. 대표작으로 〈춤〉〈젊은 선원〉 등이 있다. 색의 조화, 1번-화가의 어머니〉〈검정과 금빛 야상곡〉〈녹턴 파란색과 은색-첼시〉 등이 있다.

열두 개의 달 시화집
여름 필사노트

초판 1쇄 인쇄 2025년 5월 30일
초판 1쇄 발행 2025년 6월 10일

시인 윤동주 외 28명
화가 에드워드 호퍼, 제임스 휘슬러, 앙리 마티스
발행인 정수동
편집주간 이남경
편집 김유진
표지 디자인 Yozoh Studio Mongsangso

발행처 저녁달
출판등록 2017년 1월 17일 제406-2017-000009호
주소 경기도 파주시 문발로 142 니은빌딩 304호
전화 02-599-0625
팩스 02-6442-4625
이메일 book@mongsangso.com
인스타그램 @eveningmoon_book
ISBN 979-11-89217-57-0   03800

열두 개의 달 시화집 시리즈

1월 **지난밤에 눈이 소오복이 왔네** 클로드 모네 / 윤동주 외

2월 **나는 내 슬픔과 어리석음에 눌리어** 에곤 실레 / 윤동주 외

3월 **포근한 봄 졸음이 떠돌아라** 귀스타브 카유보트 / 윤동주 외

4월 **산에는 꽃이 피네** 파울 클레 / 윤동주 외

5월 **다정히도 불어오는 바람** 차일드 하삼 / 윤동주 외

6월 **이파리를 흔드는 저녁바람이** 에드워드 호퍼 / 윤동주 외

7월 **천둥소리가 저 멀리서 들려오고** 제임스 휘슬러 / 윤동주 외

8월 **그리고 지중지중 물가를 거닐면** 앙리 마티스 / 윤동주 외

9월 **오늘도 가을바람은 그냥 붑니다** 카미유 피사로 / 윤동주 외

10월 **달은 내려와 꿈꾸고 있네** 빈센트 반 고흐 / 윤동주 외

11월 **오래간만에 내 마음은** 모리스 위트릴로 / 윤동주 외

12월 **편편이 흩날리는 저 눈송이처럼** 칼 라르손 / 윤동주 외

스페셜 **동주와 빈센트** 빈센트 반 고흐 / 윤동주

스페셜 **백석과 모네** 클로드 모네 / 백석

스페셜 **나혜석과 위트릴로** 모리스 위트릴로 / 나혜석

열두 개의 달 시화집 일력 에디션 (스프링북. 매일 명화와 명시를 감상할 수 있는 만년 일력)

열두 개의 달 시화집 합본 에디션 (노출제본. 열두 개의 달 시화집 12권 합본집)

열두 개의 달 시화집 가을 필사노트

열두 개의 달 시화집 겨울 필사노트

열두 개의 달 시화집 봄 필사노트

열두 개의 달 시화집 여름 필사노트